Título original: **Quan l'home més fort del món agafa el telèfon,**
                      tothom el confon amb la tieta Encarna
© Texto: Roser Manuel-Rimbau Muñoz
© Ilustración: Jordi Vidal "Trill"
Traducción del catalán: Roser Manuel-Rimbau Muñoz
Primera edición: febrero de 2015
© 2015 Takatuka SL
Maquetación y cubierta: Jordi Vidal "Trill"
Takatuka / Virus editorial, Barcelona
www.takatuka.cat
Impreso en El Tinter, Barcelona, empresa certificada ISO 9001, ISO 14001 y EMAS
Impreso en papel ecológico TCF blanqueado sin cloro
ISBN: 978-84-16003-27-3
Depósito legal: B 1583-2015

CUANDO EL HOMBRE MÁS FUERTE DEL MUNDO SE PONE AL TELÉFONO, TODOS LO CONFUNDEN CON LA TÍA ENCARNA

ROSER RIMBAU

TRILL

TaKaTuKa

CUANDO EL HOMBRE MÁS FUERTE DEL MUNDO SE PONE AL TELÉFONO, TODOS LO CONFUNDEN CON LA TÍA ENCARNA. POR LA VOZ, NADIE DIRÍA QUE ES EL HOMBRE MÁS FUERTE DEL MUNDO.

EL HOMBRE MÁS FUERTE DEL MUNDO NUNCA TOMA EL ASCENSOR, Y ESO QUE VIVE EN EL SÉPTIMO PISO. COMO EL BOTÓN DEL 7 LE QUEDA DEMASIADO LEJOS, SIEMPRE SUBE POR LA ESCALERA.

ES EL HOMBRE MÁS FUERTE DEL MUNDO, PERO NO EL MÁS ALTO.

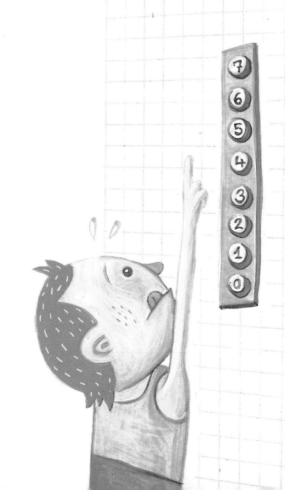

EL HOMBRE MÁS FUERTE DEL MUNDO ODIA LAS CARRETERAS LLENAS DE CURVAS. LAS ODIA PORQUE SE MAREA Y VOMITA.

CUANDO SACA LA CABEZA POR LA VENTANA Y EL DESAYUNO POR LA BOCA, NADIE DIRÍA QUE ES EL HOMBRE MÁS FUERTE DEL MUNDO.

UN TERREMOTO, UN GUEPARDO O UN DENTISTA SON COSAS NORMALES PARA EL HOMBRE MÁS FUERTE DEL MUNDO. NO LE DAN NADA DE MIEDO.

SOLO HAY UNA COSA QUE NO PUEDE VER NI EN PINTURA:

La próxima vez que te cruces con una nube de brócoli, fíjate bien: ¿ves a ese hombre, el que huye a toda velocidad de la nube?

ES EL HOMBRE MÁS FUERTE DEL MUNDO.

EL OTRO DÍA, EL HOMBRE MÁS
FUERTE DEL MUNDO Y UNA
FAROLA SE SALUDARON POR
LA CALLE. AL HOMBRE MÁS
FUERTE DEL MUNDO LE SALIÓ
UN CHICHÓN DEL TAMAÑO DE
UN HUEVO. A LA FAROLA NO
LE PASÓ NADA DE NADA.
¡QUÉ RARO!

AL HOMBRE MÁS FUERTE DEL MUNDO NO LE GUSTA QUE
LE CORTEN EL PELO. SI PUDIERA ESCOGER ENTRE EL
BRÓCOLI Y EL PELUQUERO, SE COMERÍA AL PELUQUERO.

PERO EL PELUQUERO ES MUY SIMPÁTICO Y, ADEMÁS, NO
SABE QUE ÉL ES EL HOMBRE MÁS FUERTE DEL MUNDO.
SI LO SUPIERA, NO SE ATREVERÍA A TOCARLE NI UN PELO.

Cuando sea mayor, el hombre más fuerte del mundo será un gran bombero. El más fuerte. El más valiente. El mejor.

Todo llegará, pero, de momento, se conforma con ser el hombre más fuerte del mundo.

¿Y QUÉ PASA SI LO CONFUNDEN CON LA TÍA ENCARNA?
¿Y QUÉ PASA SI NO PUEDE TOMAR EL ASCENSOR?
¿Y QUÉ PASA SI VOMITA CUANDO VA EN COCHE Y EL BRÓCOLI LE DA PAVOR?
¿Y QUÉ PASA SI LE SALEN CHICHONES?
¿Y QUÉ PASA SI EL BARBERO NO SABE QUE ES EL HOMBRE MÁS FUERTE DEL MUNDO?

PARA ÉL TODO ESTO NO TIENE NINGUNA IMPORTANCIA. AL HOMBRE MÁS FUERTE DEL MUNDO LE GUSTA SER COMO ES.

Y LE GUSTA PORQUE,
CUANDO AGARRA A SUS HERMANOS
Y LOS LEVANTA, UNO CON CADA BRAZO,
TODOS, INCLUIDA LA TÍA ENCARNA, GRITAN:

¡ES **EL HOMBRE MÁS FUERTE DEL MUNDO!**